斉藤 洋(さいとう ひろし)・作　ふじはら むつみ・絵

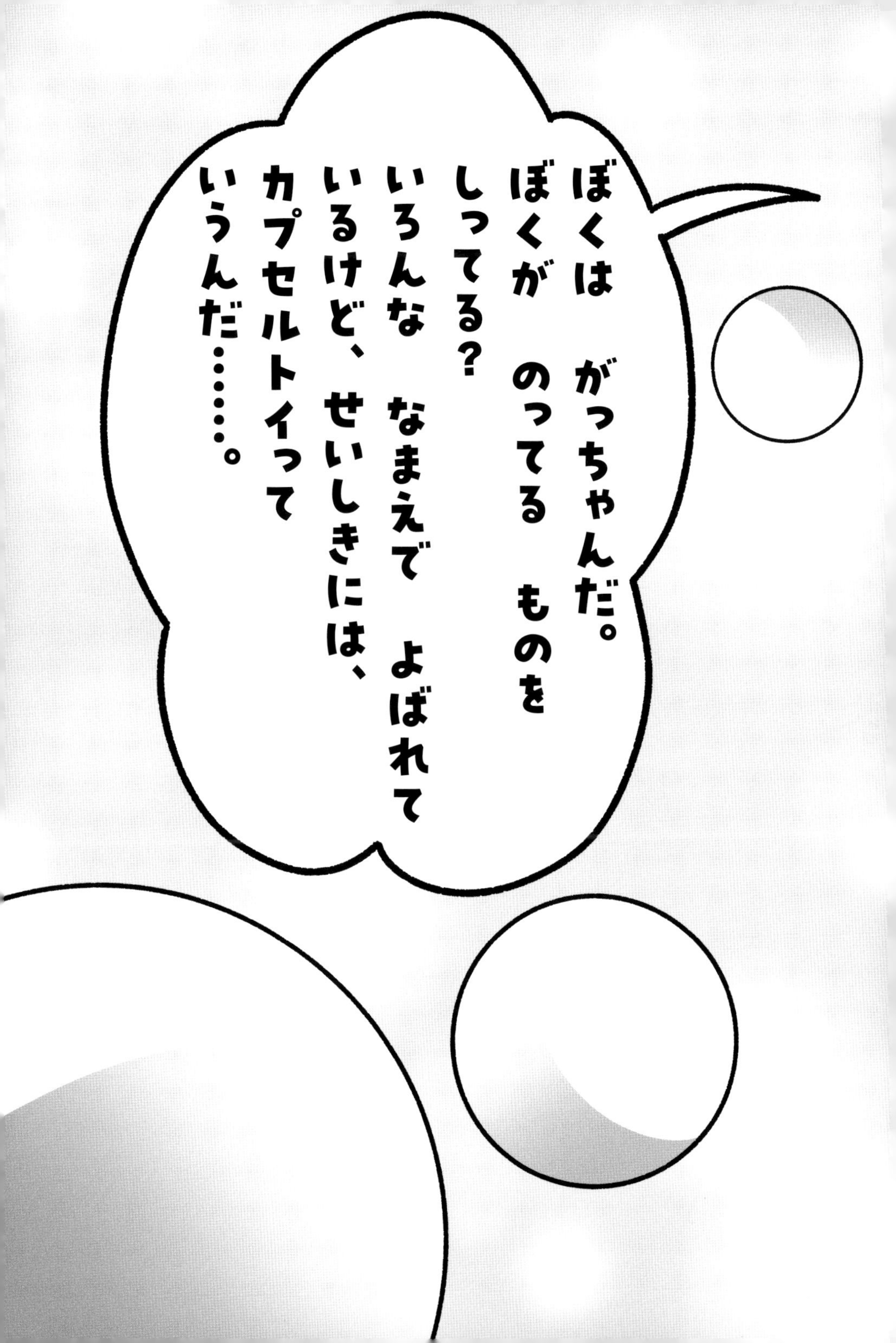
ぼくは　がっちゃんだ。
ぼくが　のってる　ものを
しってる？
いろんな　なまえで　よばれて
いるけど、せいしきには、
カプセルトイって
いうんだ……。

うちゅうひこうしになりたい
6
はなすぬいぐるみ
32

みらいに いきたい 54
どこにでも いける スケボー 62

うちゅうひこうしになりたい

ほどうきょうを　わたって　いる　とき、さやかさんは　ほどうきょうの　まんなかに、カプセルトイが　ある　ことに　きづきました。ちかくに　いくと、したに　ねずみの　えがかかれた　コインが　おちて　いました。

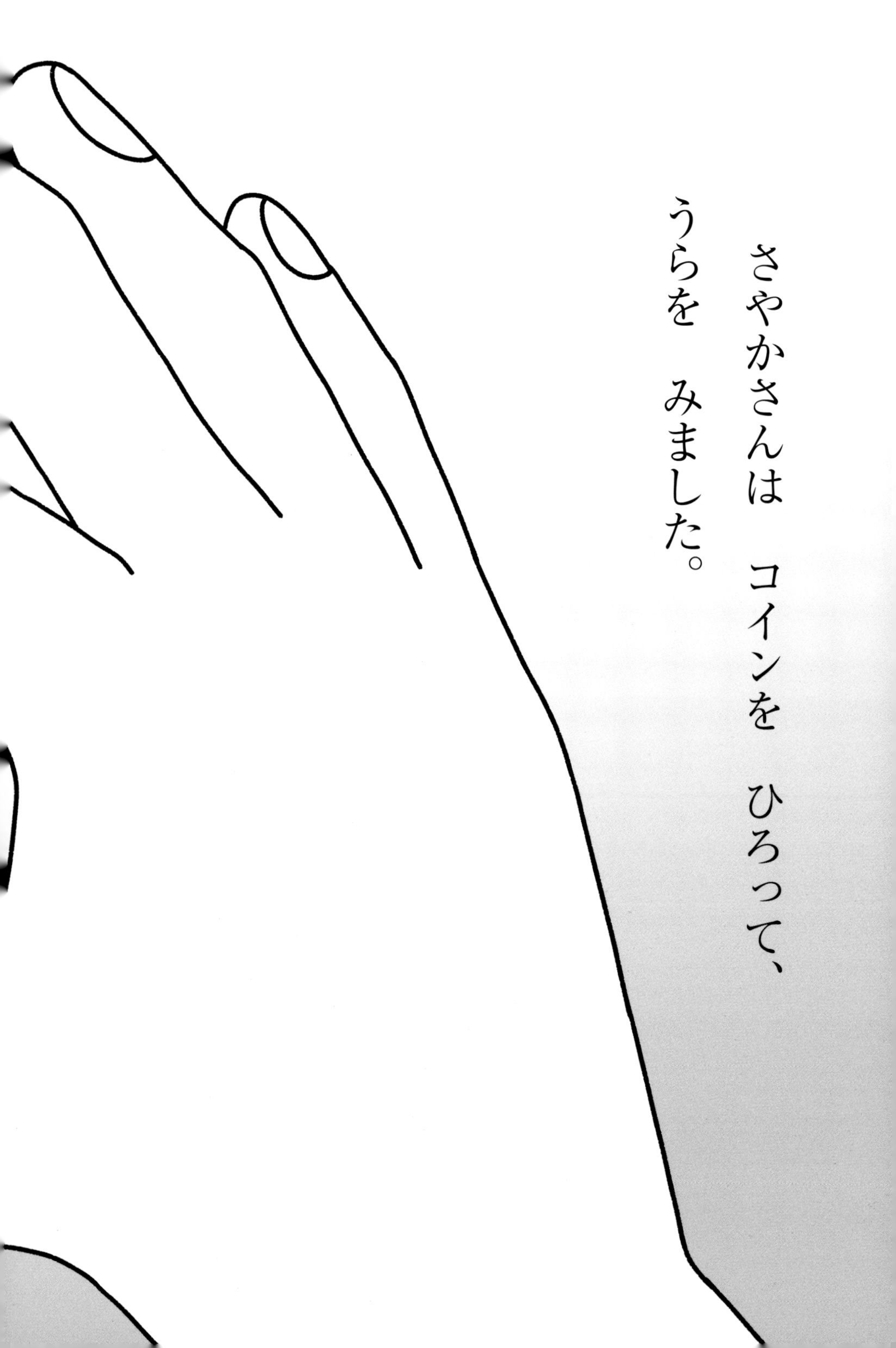

さやかさんは　コインを　ひろって、
うらを　みました。

これを いれて、
ハンドルを まわせば、
あなたの ゆめが
かなうかも。

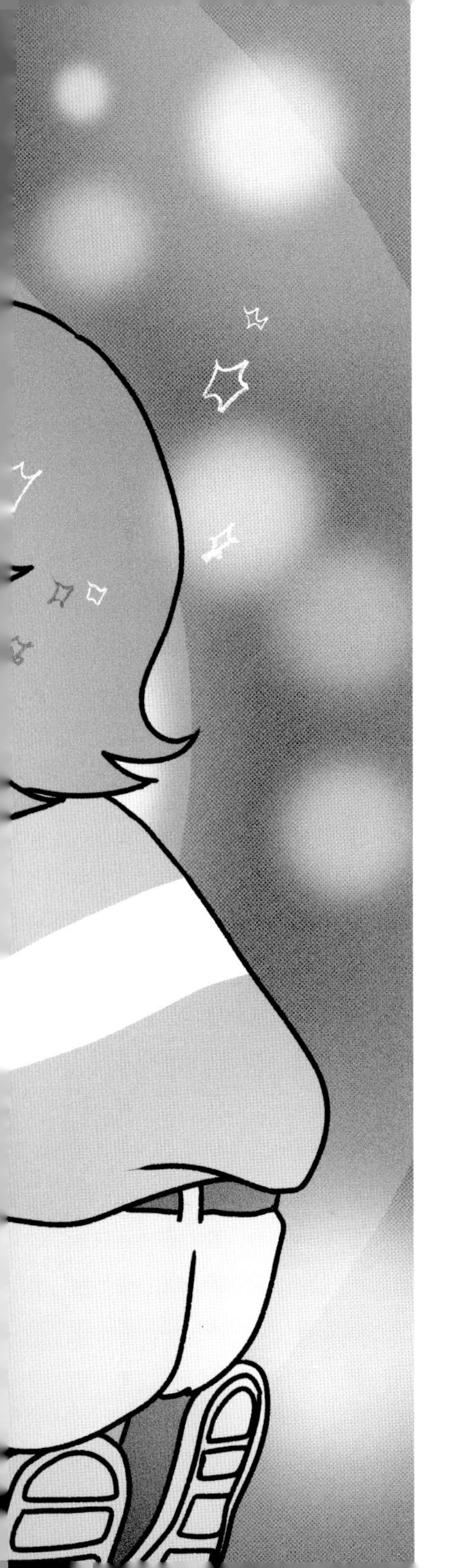

「ほんとかな？」
さやかさんは　カプセルトイに
コインを　いれ、ハンドルを　まわしました。
ガシャッ！　ゴロン！　ポン！
でて　きたのは、しろい　カプセル。

カプセルを　あけると、ちいさな
ねずみのような　ものが、とびだして　きて、
さやかさんの　あしもとに　とびおりました。
それだけでも　びっくりなのに、
もっと　びっくりする　ことが　おこりました。

なぜなら、ねずみみたいな　ものは
いきなり　おおきく　なり、さやかさんと
おなじくらいの　せたけに　なって、
こう　いったからです。

ぼくは　がっちゃんだ。
きみの　ねがいを　ひとつだけ、
かなえて　あげる。
ゆめを、いって　ごらん！

さやかさんは　いちど　うちゅうに
いって　みたかったし、まえに　おんなの
ひとの　うちゅうひこうしの　しゃしんを
みて、かっこいいなあ……、と　おもった
ことが　ありました。

あまのがわや、いろとりどりの　ほしたち。
ぶきみな　うちゅうじんが　のって　いる
UFO（ユーフォー）……。
おもっただけで、わくわくして　きます。

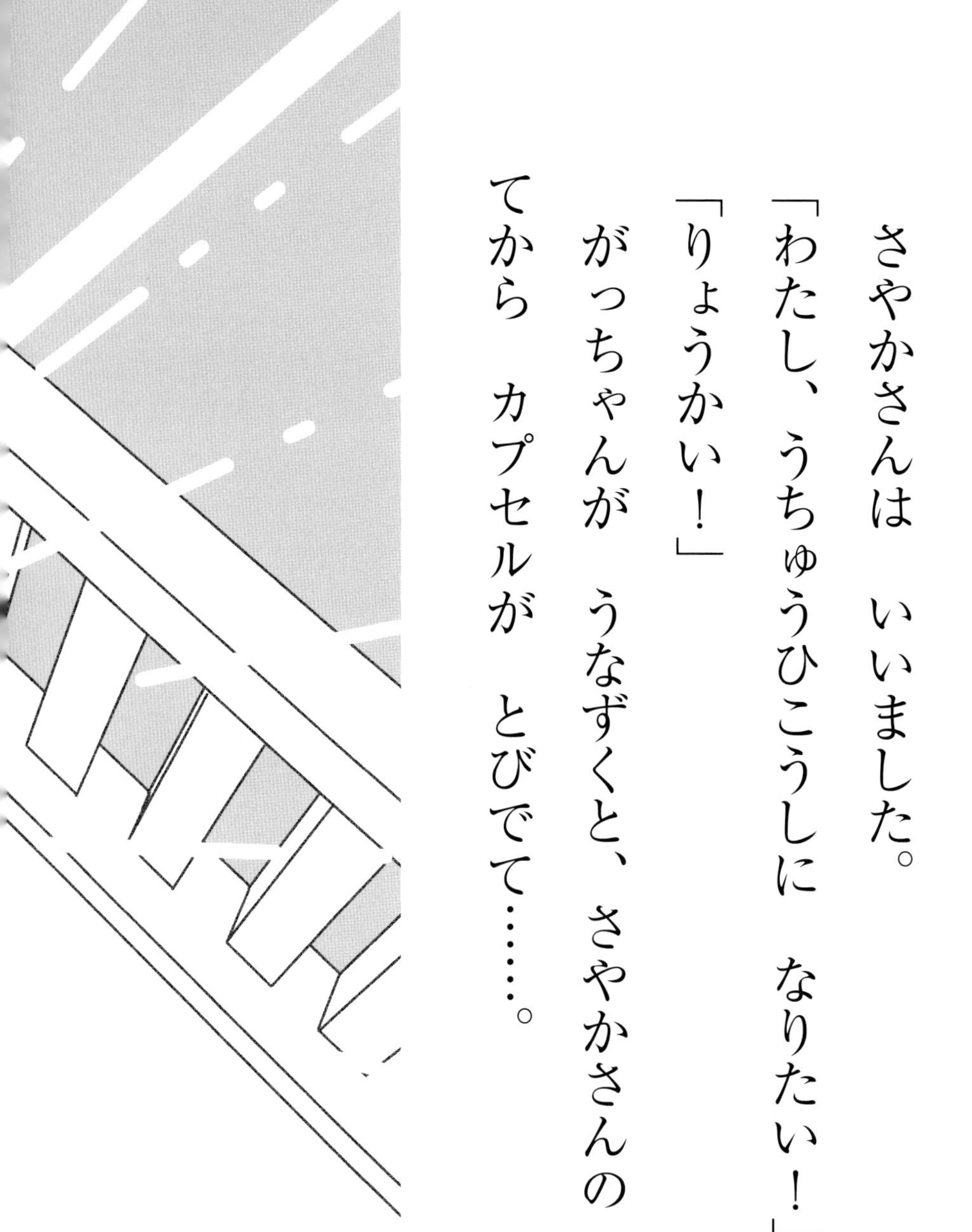

さやかさんは　いいました。
「わたし、うちゅうひこうしに　なりたい！」
「りょうかい！」
がっちゃんが　うなずくと、さやかさんの
てから　カプセルが　とびでて……。

おおきく　なって、　たちまち　カプセルは
ふたりのりの　うちゅうせんに　なりました。
がっちゃんが　とびのったので、
さやかさんも　のりこみました。
とうめいな　やねが　しまると、
うちゅうせんは　うきあがりました。

そらに　むかって　ビューン！
あっと　いう　まに　ちきゅうを　とびだし、
まわりは　うつくしい　だいうちゅう！

きれいだけど、
わたし、あきちゃった。
みてるだけじゃ、
あきるよね。
じゃ、うんてんしてみる？
べつにいいよ。
それより、これ
どうやってとぶの？
どういうしくみ？
ページの どこかに はしりまわって いる カプセルトイが いるよ。 さがして みよう！

しくみなんて、
かんたんに　せつめい
できないよ。
そうかあ……。
わたしも、
こういう　うちゅうせん、
つくって　みたいなあ。
とぶ　しくみも
しりたいなあ。

やがて、うちゅうせんは　ほどうきょうに
もどって　きました。
「どうも　ありがとう、がっちゃん。」
そう　いって、さやかさんが
うちゅうせんから　おりると、がっちゃんは、
「じゃあね。バイバイ！」
と　いって、うちゅうせんに　のった　まま、
とんで　いって　しまいました。

きが　つくと、カプセルトイも　なくなって　います。
うちゅうせんが　ちいさく　なって　いく　そらに　むかって、さやかさんは　てを　ふりました。

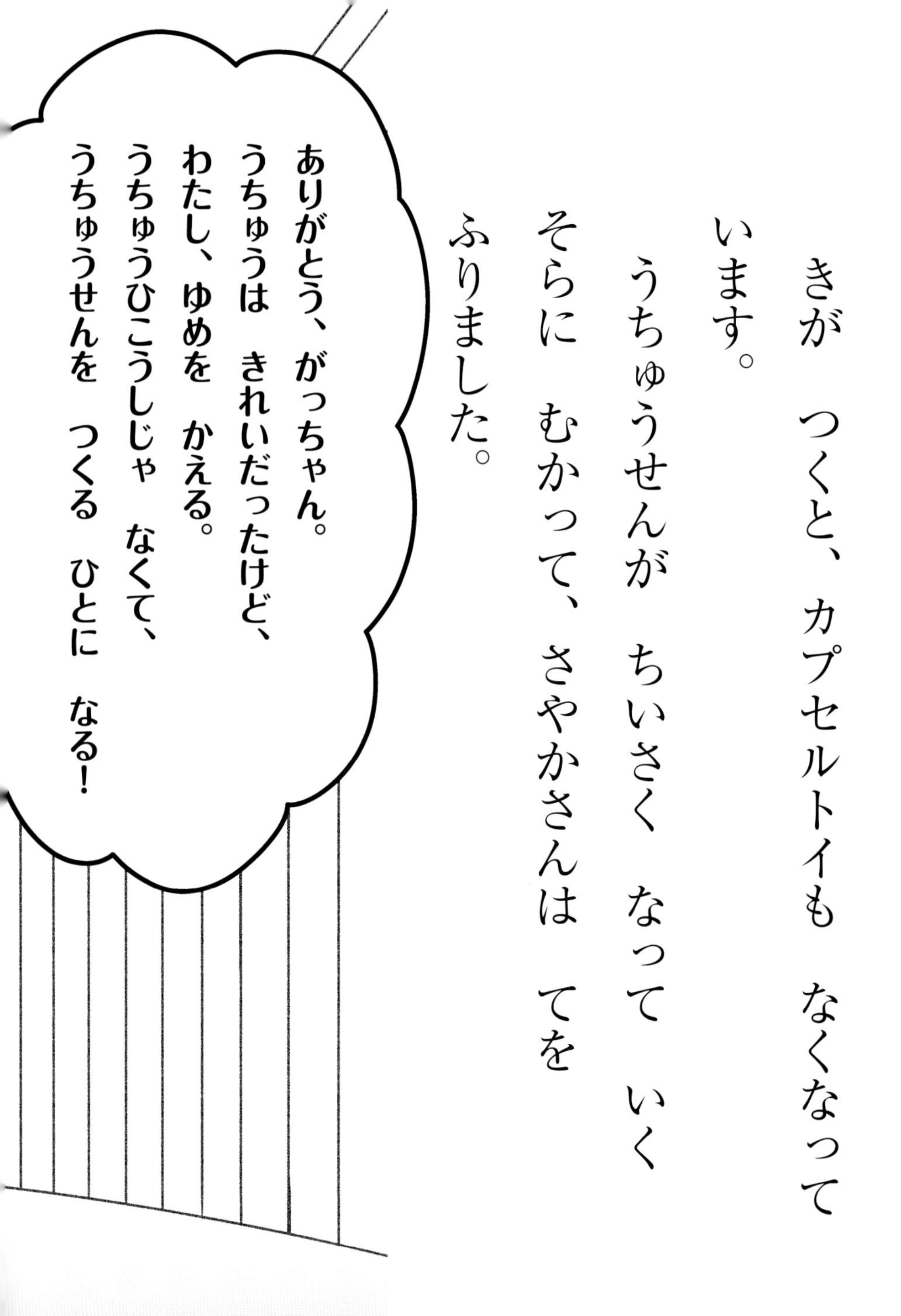

ありがとう、がっちゃん。
うちゅうは　きれいだったけど、
わたし、ゆめを　かえる。
うちゅうひこうしじゃ　なくて、
うちゅうせんを　つくる　ひとに　なる！

はなす　ぬいぐるみ

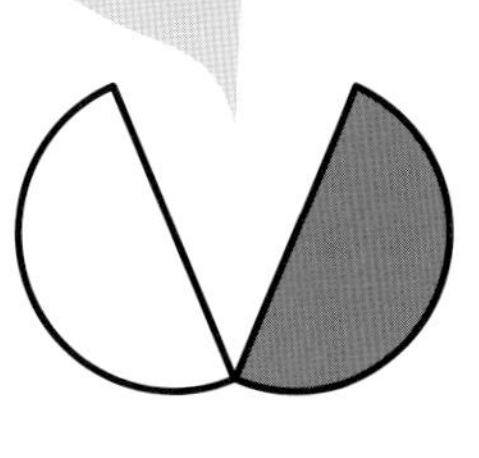

るみさんが　がっちゃんの　カプセルトイに
であったのは、あさ、がっこうに　いく　ときの
いえの　まえでした。

〈これを　いれて、ハンドルを　まわせば、
あなたの　ゆめが　かなうかも。〉

と　かいて　ある　コインを　ひろって、

カプセルトイに　いれて　みました。

ガシャッ！　ゴロン！　ポン！

カプセルの　なかから　でて　きた　ものは
すぐに　おおきく　なって、こう　いいました。
「ぼくは　がっちゃんだ。なりたい　ものとか、
ほしい　ものが　ある？　あったら、
いって　みて。ひとつだけね。」

るみさんは　ちょっと　かんがえて
こたえました。
「べつに　ほしい　ものって、ないなあ。
わたし、ゆめとかも　ないし……。」
「えーっ、そうなの？　こまったなあ。
じゃあ、こんなの　どう？」
がっちゃんが　そう　いうと……。

カプセルの　なかから　ちいさな　くまの
ぬいぐるみが　とびだし、
たちまち　おおきく　なって、
るみさんに　だきついて　いいました。

「あ、しゃべった！」

るみさんは　びっくりして、ともだちに
みせたく　なりました。でも、こんなに
おおきな　ぬいぐるみを　がっこうに
もって　いく　わけには　いきません。

るみさんは、へやに　もどり、ぬいぐるみを
ベッドに　おいてから、がっこうに　いきました。

うちを　でる　とき、カプセルトイも
がっちゃんも　きえて　いました。

そういえば　がっちゃん、
どこへ　いったんだろ。
かえったのかな。

でも、がっこうに　つくと、るみさんは
すぐに　こうかいしました。
がっこうに　もって　くれば、うごいたり、
しゃべったり　する　くまの　ぬいぐるみを
みんなに　じまんできました。
ま、いいか。あした　もって　くれば
いいんだから……。
るみさんは　そう　おもいました。

じゅぎょうが　おわると、
るみさんは　がっこうから　とんで　かえり、
くまを　だきしめて、いいました。
「あさ、じこしょうかいを　してなかったよね。
わたし、るみって　いうんだ。あなたは？」

なまえは　まだ　ないんだ。
るみちゃんが　つけてよ。

るみさんは　ぬいぐるみに　ベアベア
と　いう　なまえを　つけて、
おしゃべりを　したり、いっしょに　えを
かいたり　して、あそびました。

ベアベアって、
えも　かけるんだね。
すごいなあ。

ゆうがた、おかあさんが　しごとから
かえって　きました。
るみさんは　ベアベアを　おかあさんに
みせて、いいました。
「すごいんだよ、この　くまちゃん。
がっちゃんに　もらったんだ。
おはなしも　できるし、えだって
かけるんだから。」

おかあさんに
なまえを
おしえて　あげて！
がっちゃんって
だれかしら？

でも、おかあさんの　まえでは、
ぬいぐるみは　うごきも　しゃべりも
しません。

あれ？　おかしいな。
さっきまで、おはなしして
いたんだけどな。

るみさんは　わかりました。
ベアベアは、ほかの　ひとが　いる
ところでは、うごいたり、しゃべったりは
しないのです。
これでは、じまんする　ことが　できません。
それで、るみさんが　がっかりしたかと
いうと、そんな　ことは　ありませんでした。

かんがえて　みれば、ともだちは　だれかに　じまんする　ために　いるんじゃ　ないもんね。ねえ、ベアベア。
その　とおり！
うん！

みらいに　いきたい

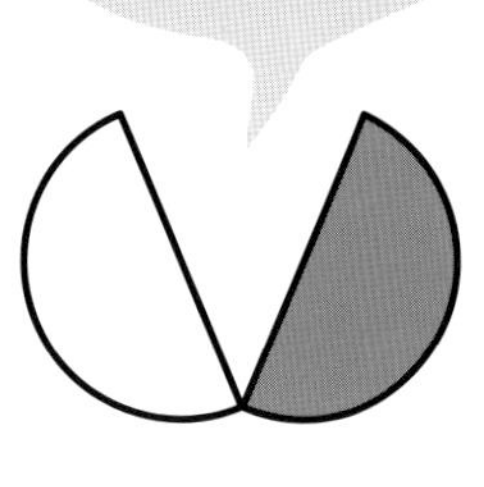

せいやくんの　ばあい、よなかに　トイレに
いって、へやに　もどって　きた　とき、
ベッドの　そばに、がっちゃんと
カプセルトイが　あらわれました。
ねがいを　きかれ、せいやくんは、よく
かんがえも　せず、なんとなく　こたえました。

みらいに　いきたい……。
そんなので　いいの？

がっちゃんに、
「じゃあ、ベッドに　ねて　ごらん。」
と　いわれ、せいやくんは、いわれた
とおりに　しました。
五ふん　たち、十ぷん　たちました。
なにも　おこりません。
そのうち、せいやくんは　ねむって　しまい、
カプセルトイも　がっちゃんも　きえました。

あさに　なって、せいやくんは　めを
さましました。
どうやら、なにも　おこらなかった
ようです。
きっと、よなかに、へんな　ゆめを
みただけなのだろうと、せいやくんは
おもいました。

せいやくんが　ねて　いる　ときに　うごいた
ものが　いろいろ　あるよ。みくらべて　みよう。
えっ？　とけいの　はり？　それだけじゃあ　ないよ。

へんな
ゆめなんかじゃ　ないよ！

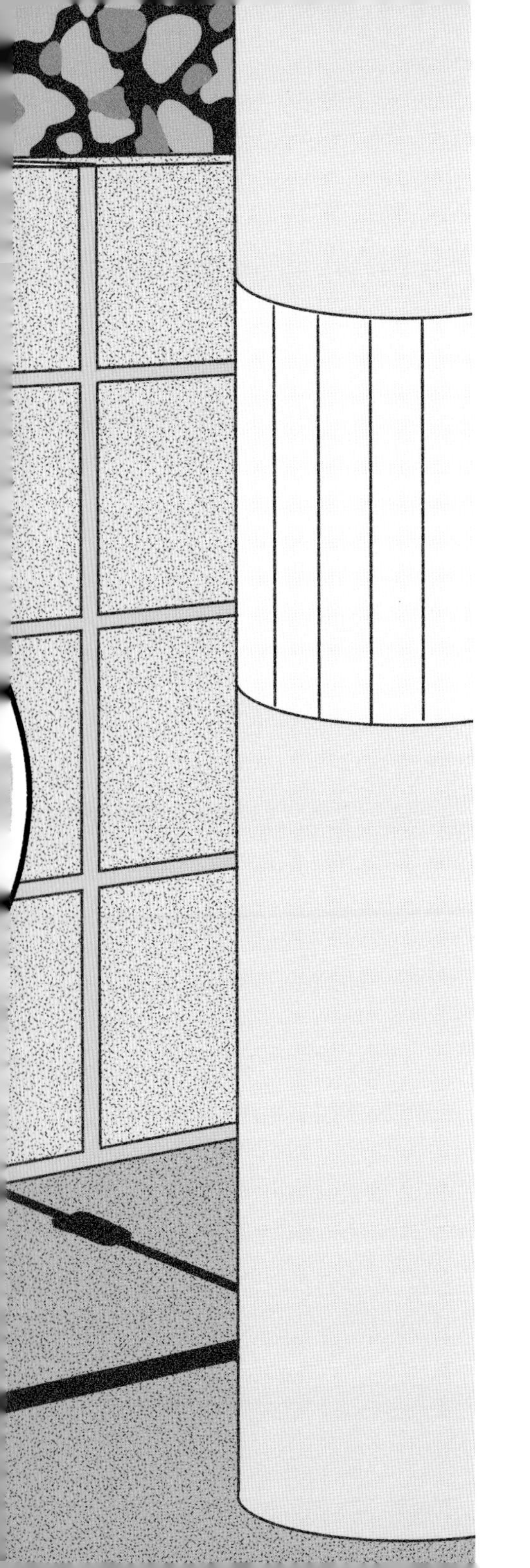

ほんとうに　なにも
おこらなかったのかなあ……。
なんにちか　して、せいやくんは
きが　つきました。

あ、そうか。
ねて、おきたら、
あさに　なって　いたって
ことは、ねて　いる
うちに、みらいに
きたって　ことか！
その　とおり！
ぼくに　あったら、
よく　かんがえてから、
ねがいを　いおう！

どこにでも　いける　スケボー

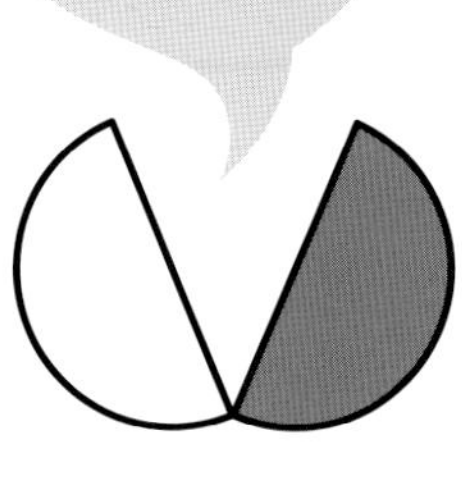

がっちゃんの　カプセルトイが　りゅうくんの　まえに　あらわれたのは、にちようびの　あさ、ばしょは　りゅうくんの　うちの　にわでした。

カプセルトイの　すぐ　ちかくに　おちて　いた　コインを　いれて、

ガシャッ！
ゴロン！
ポン！
ぼくは　がっちゃんだ。きみの　ゆめは　なにかな？ほしい　ものとか、ある？あったら、いって　みて。ひとつだけ、かなえて　あげるよ。

「それなら、のったら　すぐに、いきたい
ところに　つく　スケボーが　ほしい！」
りゅうくんが　そう　いうと、
じめんに　おちて　いた　カプセルから
ぎんいろの　スケボーが　とびだして
きました。
でも、じつは、りゅうくんは　スケボーに
のった　ことは　ないのです。

これに　のって、いきたい　ところを　おもいうかべれば、すぐ　そこに　つくよ。でも、この　こと、だれにも　いっちゃ　だめだからね。

「だけど、これ、どう　やって　のるの？」
と　りゅうくんが　きいた　ときには　もう、
がっちゃんも　カプセルトイも　きえて
いました。
　そこで、りゅうくんは　おそるおそる
スケボーに　りょうあしを　のせ、まえに
おとうさんに　つれて　いって　もらった
こうえんを　おもいうかべました。

つぎの　しゅんかん、
りゅうくんは　ひろい
いけの　ほとりに
たって　いました。
いけには
ボートが　あり、
ちかくには　ちいさな

すいぞくかんも　あります。
すいぞくかんには
こどもは　ただで
はいれます。
りゅうくんは
スケボーを　かかえ
あるきだしました。

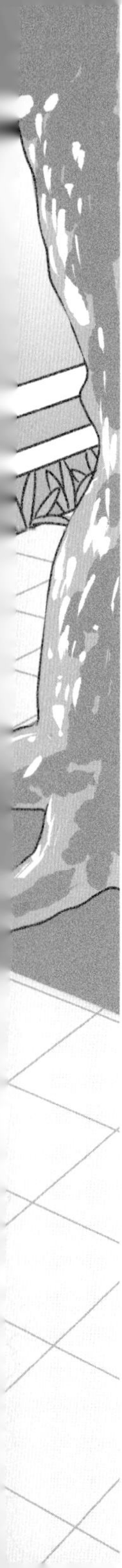

りゅうくんは　いけを　ひとまわりして、
すいぞくかんを　けんがくし、
もとの　ばしょに　もどって　きました。
りゅうくんは　うちに　かえろうと、
スケボーに　のり、じぶんの　うちを
おもいうかべました。
でも、あたりの　ふうけいは　かわりません。
どこかで　がっちゃんの　こえが　しました。

きみ、すぐに、いきたい　ところに
つく　スケボーが　ほしいって
いったけど、かえってこられる
スケボーとは　いってないよね。
かえりは、じぶんで　かえってね。

りゅうくんは　どうろひょうしきを　みたり、
ひとに　みちを　きいたり　して、
あるいて　うちに　かえる　ことに　しました。
なんじかん　かかるか　わからないけど、
レッツ・ゴー。

こう　なったら、
じりきで、あるいて
かえるしか　ない！

その　とおり！
さあ、ぼうけんの
はじまりだ！

ひが　くれてから、りゅうくんは　うちに
たどりつきました。
もちろん、おとうさんには　こってり
しかられました。

どこへ　いってたんだ！
しんぱいしたじゃ　ないか！
それに　その　スケボー、
どこで　ひろって　きたんだ！
かえりも　けっこう
たのしかったなあ。
だけど、スケボーに　のる　とき、
サハラさばくの　ふうけいなんて、
おもいうかべなくて　よかった。

いまでも、その　スケボーは　りゅうくんの
へやに　あります。
りゅうくんは　れんしゅうして、
ふつうに　のれるように　なって　います。
ときどき　りゅうくんは　それに　のって、
あちこち　でかけて　います。ただし、
おかねを　ちょっと　もって　いきます。
いざと　なったら、でんしゃとか　バスで
かえれるからです。

きょうは、どこに　いこうかな。
おもしろいから、かえりは、
あるきに　しよう。

作者・斉藤　洋
（さいとうひろし）

東京生まれ。おもな作品に、「ペンギン」シリーズ、「おばけずかん」シリーズ。がっちゃんのカプセルトイがあらわれたら、あなたはなにをおねがいするのかな？

画家・ふじはら　むつみ

埼玉生まれ。元中学校美術教諭。がっちゃんのカプセルトイがあらわれたら、どうぶつとおはなしできるようにしてもらって、かっているカメとおはなしししたいな。

シリーズ装丁・田名網敬一

どうわがいっぱい⑮④

ふしぎながっちゃん
ゆめをかなえるカプセル

2025年2月25日　第1刷発行

作者　斉藤（さいとう）　洋（ひろし）
画家　ふじはら　むつみ

発行者　安永尚人
発行所　株式会社 講談社
〒112-8001 東京都文京区音羽 2-12-21
電話　編集　03（5395）3535
販売　03（5395）3625
業務　03（5395）3615
N.D.C.913　78p　22cm
印刷所　株式会社 精興社
製本所　島田製本株式会社
本文データ作成　脇田明日香

KODANSHA

ISBN978-4-06-537859-5

つぎは　あなたの　まちに
きちゃうかも……？
OPEN